Jugadora Sumisa

Colección Dominación Erótica

Erika Sanders

Jugadora Sumisa

Erika Sanders
Serie
Dominación y sumisión erótica

Sinopsis

Linda está en una noche de chicas.

Pero, una tras otra, sus amigas van cancelando su presencia hasta que se da cuenta que va a pasar la noche sola.

Decide jugar un poco con las máquinas del casino para ver si al menos se lleva algo de dinero en esta mala noche.

Consigue un premio y al ir a canjearlo por dinero se encuentra con un hombre atractivo que la aborda...

Jugadora sumisa es una novela de fuerte contenido erótico BDSM y, a su vez, una nueva novela perteneciente a la colección Dominación Erótica, una serie de novelas de alto contenido BDSM romántico y erótico.

Nota sobre la autora:

Erika Sanders es una conocida escritora a nivel internacional que firma sus escritos más eróticos, alejados de su prosa habitual, con su nombre de soltera.

Índice

Sinopsis

Nota sobre la autora:

Índice

JUGADORA SUMISA ERIKA SANDERS

PRIMERA PARTE

CAPÍTULO 1

CAPÍTULO 2

CAPÍTULO 3

CAPÍTULO 4

CAPÍTULO 5

CAPÍTULO 6

SEGUNDA PARTE

CAPÍTULO 7

CAPÍTULO 8

FIN

VESTIDA PARA LA OCASIÓN

RECEPCIÓN INESPERADA

INSATISFECHA

FIN

JUGADORA SUMISA
ERIKA SANDERS

11

PRIMERA PARTE

CAPÍTULO 1

"Está bien Gloria. Lo entiendo".

Linda se paró en la entrada del casino y miró todas las luces intermitentes.

Se suponía que iba a tener una noche de chicas con sus tres mejores amigas.

Antes de irse, Julia la había llamado para decirle que su hija estaba enferma de gripe y que no quería dejar su casa sola con su esposo.

Linda pensó que su esposo no quería cuidar a su pequeña hija, pero que no iba a meterse en el retorcido matrimonio de su mejor amiga.

Angie había llamado mientras conducía al casino.

Estaba murmurando alguna excusa sobre no poder ir, pero por sus gemidos, Linda supo que ella estaba otra vez, otra vez, con su novio que había vuelto a la ciudad.

Entonces pensó que pasaría una noche divertida con Gloria, pero luego también lo había cancelado.

Ni siquiera le había prestado atención a su excusa.

Todavía tenía dinero en su cartera y decidió que iba a tratar de divertirse sola esta noche.

Se acercó a una máquina tragamonedas vacía y metió uno veinte.

Sin pensarlo, comenzó a presionar los botones y cuando la máquina comenzó a sonar, se dio cuenta de que había ganado una gran suma de dinero.

No era el premio gordo, pero después de que terminó el repiqueteo, se dio cuenta de que tenía más de mil créditos.

Linda hizo los cálculos rápidos en su cabeza y se dio cuenta de que eran más de doscientos cincuenta dólares.

Presionó el botón de crédito y el recibo escupió.

Linda estaba sonriendo ampliamente.

Nunca había ganado nada en el casino y aquí estaba con lo que consideraba una gran suma de dinero.

Miró a su alrededor e intentó encontrar al cajero.

Estaba en el otro extremo del casino y cuando llegó allí, le dolían los pies.

Ella había comprado estos lindos zapatos de tacón para la salida de hoy, pero ahora le estaban haciendo daño en los dedos de los pies.

Se puso en fila y esperó a su turno con el cajero.

"Puede que estés en la fila equivocada". Linda saltó cuando sintió un cálido aliento en la oreja.

Se volvió y se encontró cara a cara con un hombre más alto que ella y que llevaba puesto un traje de negocios.

"¿Perdóneme?" A Linda le había encantado la sensación de su aliento en el cuello y se dio cuenta de que ni siquiera había notado el efecto que tuvo sobre ella.

Ella también estaba confundida en cuanto a lo que él quería decir con la fila equivocada.

"Estás en la fila de Privilegio Dorado. Veo que has ganado doscientos cincuenta dólares en una máquina tragamonedas. Esta línea es para jugadores de alto riesgo".

La cara de Linda se puso roja.

Ni siquiera podía pararse en la fila correcta.

Su labio tembló y el placer que obtuvo al ganar en la máquina tragamonedas se fue disolviendo lentamente.

"Lo siento."

Linda se volvió para dejar la fila.

Se estaba poniendo nerviosa.

"No. Espera. No quise molestarte. Escucha, iremos juntos. Sé que a Rachel, que está trabajando en efectivo esta noche, no le importará".

Linda se limitó a mirar mientras el extraño alto la guiaba hacia la cabina adecuada.

Él sonrió y se detuvo cerca de Linda.

Ella le entregó a la mujer el boleto y le dieron el dinero en billetes de cincuenta y cien dólares.

Se apartó del mostrador y observó con asombro cómo el hombre le entregaba un fajo de billetes y, a cambio, ella le daba una pequeña cantidad de fichas.

Linda sabía lo suficiente sobre los casinos para saber que cada una de esas fichas valía una gran suma de dinero, mucho más de lo que podía imaginar.

"¿Entonces solo vas a guardar el dinero e irte?"

Linda parpadeó.

No se dio cuenta de que la estaba mirando hasta que él se burló de ella.

"Oh, lo siento. No estoy acostumbrada a ver tanto dinero en efectivo. Se suponía que debía pasar la noche con algunas amigas, pero todas cancelaron".

"Mi nombre es Peter Wilson. Me dirijo a la mesa de blackjack. Puedes unirte a mí si quieres. Estoy solo esta noche y me encantaría una hermosa rubia a mi lado para darme suerte".

Linda se sonrojó.

Ella nunca se consideró hermosa.

La palabra 'hermosa' le dio mucha más confianza.

Ella lo meditó por un momento y pensó que no había ningún daño en ir con él.

Ella estaba soltera.

Ella había ganado doscientos cincuenta dólares, que iban a ser utilizados para pagar el alquiler.

"Está bien." Linda levantó la cabeza y le sonrió a Peter.

"Me alegro. Vamos".

CAPÍTULO 2

Peter condujo a Linda a través del casino a una de las áreas en la parte de atrás.

Había una gran cantidad de mesas de cartas y tenía los ojos puestos en una específica.

"¿Quieres jugar?"

"Um, claro. ¿Pero no necesito esas fichas?"

Peter se rio.

Ella era tan dulce y linda y él pensó que probablemente ni siquiera se daría cuenta de lo sexy que era.

"Puedes usar un poco de las mías".

"OK. Gracias"

Llegaron a la mesa y se sentaron.

Su pierna rozó la de ella y ella no la apartó.

Él le dio algunas fichas y ella contuvo un grito ahogado cuando vio que cada una era mil dólares.

Ella le entregó al crupier el chip y él hizo el cambio apropiado.

La primera mano fue dura ya que no sabía las palabras correctas para decir, solo sabía que sus cartas tenían que sumar 21 y nada más.

Ella perdió la primera mano, al igual que Peter.

"Lo siento mucho Peter".

"Shhhh" Peter puso su mano sobre la de ella. "Solo disfruta."

Linda asintió y las siguientes tres manos ella ganó y él perdió.

Algunas personas más se unieron a la mesa y cuando un camarero pidió una orden de bebidas, ella ordenó casualmente una Coca-Cola Light.

Sintió que su teléfono celular sonaba y cuando fue a tomarlo, se dio cuenta de que había estado allí por más de tres horas.

Ella vio que Gloria estaba llamando y decidió no responder.

"¿Todo está bien?"

Peter vio que Linda estaba un poco molesta y ni siquiera se dio cuenta de que su rostro se había asombrado cuando vio el identificador de llamadas.

"Sí, bien. No me di cuenta de que era tan tarde".

"Jugaremos una mano más".

Peter habló con el crupier y después de que ambos perdieron la última mano, dejaron la mesa.

Peter casualmente sostuvo su mano en la suya.

Normalmente era mucho más agresivo que esto, pero algo le decía que ser más asertivo la asustaría.

Peter la guió de regreso a la cajera y le sonrió a Rachel mientras ella volvía a transferir las fichas al efectivo.

Linda se quedó con los ojos muy abiertos mientras Rachel contaba más de diez mil dólares.

Él dobló los billetes y los colocó cuidadosamente en su billetera.

Peter sonrió, pero no dijo nada.

Se dirigieron a la entrada principal y se quedaron parados en el gran atrio.

El casino estaba conectado a un hotel y había una pasarela acristalada que conectaba a los dos.

Los inviernos en la ciudad eran fríos y era malo para los negocios hacer que los huéspedes del hotel caminen afuera en una tormenta de nieve para llegar al casino.

"Así que voy a ser sincero y decirlo. Te encuentro muy atractiva. Eres linda, hermosa e inteligente. Me encantó pasar tiempo contigo esta noche. Normalmente te invitaría al bar del hotel a tomar algo y esperar que después de unos tragos estuvieras dispuesta a subir a mi suite. Supongo que en ese momento podrías decir que sí. Voy a saltarme ese paso y preguntarte si quieres subir a mi habitación de hotel. Puedes decir que no, pero algo me dice que dirás que sí ".

Linda miró a Peter.

Ella acababa de conocerlo hace unas horas, pero él sabía exactamente lo que ella quería.

Ella pensó que él se había sincerado y le había dicho que quería ir a su habitación de hotel juntos.

Era alto, guapo, rico, inteligente, y habían disfrutado de la compañía mutua mientras jugaban al blackjack.

Estaba tan seguro de sí mismo, pero era de una manera de ser seguro de sí mismo que era muy atractiva para ella.

Su último novio era tan desaliñado que no había podido soportarlo más de unos pocos meses.

Sus amigas le decían que era exigente, pero que ellas tenían los mejores novios.

Por supuesto, por eso había sido abandonada en el casino sola cuando se suponía que era una noche de chicas.

"¿Qué te hace pensar que diré que sí?"

"Me imagino que estás aquí para olvidarte de un estúpido novio que rompió contigo o que algunas amigas te dejaron por cosas más importantes que hacer que pasar tiempo con su amiga simbólica". Peter se inclinó y rozó sus labios contra su frente. "Solo una noche. Sin condiciones".

Linda gimió.

¿Cómo la conocía tan bien?

Ella solo asintió y cuando él envolvió su brazo alrededor de sus hombros, ella se derritió en sus brazos.

CAPÍTULO 3

Caminaron la corta distancia hasta el hotel y él se dirigió hacia los ascensores.

En lugar de usar los ascensores principales, puso su llave en la ranura de un ascensor apartado.

Linda miró a su alrededor y miró boquiabierta.

El hotel estaba finamente decorado y el hecho de que estaba usando un ascensor separado insinuaba que tenía una de las suites en el piso superior.

Entraron en el ascensor y él la besó primero.

Fue un beso duro y sintió que se le iban a doblar las rodillas.

La abrazó con fuerza y la presionó contra la pared.

Su lengua se movió contra sus labios y cuando ella abrió la boca, la deslizó dentro.

Peter amaba la sensación de los labios de Linda.

Eran suaves y húmedos y todo lo que sabía era que la deseaba.

Para cuando se abrieron las puertas del ascensor, Linda jadeaba con fuerza y la polla de Peter estaba presionando incómodamente contra su pantalón de vestir.

Dio un paso atrás y odió la sensación de sus labios separándose de los de ella.

El ascensor se había abierto a la suite y Linda jadeó.

Era dos veces más grande que su departamento y se dio cuenta de que solo era la sala de estar.

Había dos puertas a cada lado y ella notó una puerta al balcón.

"Adelante."

Peter la guió dentro y la condujo a la habitación.

La cama era una King Side y la habitación olía a lavanda y colonia de hombres.

No era el olor normal de una habitación de hotel.

Peter tiró de Linda hacia él y la besó.

Fue un beso intenso y trató de reducir la velocidad, pero no pudo.

La recostó contra la cama y comenzó a deshacer su vestido.

Linda dejó caer los brazos a su lado y dejó que la desnudara.

Cuando su vestido se deslizó por su cuerpo, él le desabrochó el sujetador.

Lo arrojó a un lado y comenzó a acariciar sus pezones.

Cayendo de rodillas, tiró de sus bragas y una vez que llegaron a sus tobillos, se las quitó y las arrojó en la misma dirección que su sostén.

"Hueles maravillosamente". Peter abrió los labios de su coño y lamió su clítoris suavemente. "Y Dios, sabes increíble".

Peter la empujó sobre la cama y se quitó la corbata.

Presionó su cuerpo contra el de ella y la guió hasta la cama.

Ella solo lo miró con los ojos muy abiertos y cuando él empujó sus manos sobre su cabeza y ató la corbata de seda alrededor de sus muñecas y la cabecera, pero ella no dijo una palabra.

"Eres mía esta noche".

Peter se desnudó rápidamente y se acomodó entre sus piernas.

Él extendió sus labios nuevamente y comenzó a lamer su coño goteante.

Ella sabía tan bien y cada vez que le lamía, se mojaba más.

Metió dos dedos dentro de su agujero y la sintió retorcerse.

"Oh Dios, Peter. Necesito correrme".

Linda se retorcía y estar atada a la cama era muy excitante para ella.

"No te correrás hasta que yo lo diga".

Su voz era muy autoritaria.

Linda respondió gimiendo.

Ella asintió y trató de contenerse.

Nunca se había sentido tan excitada y quería rogarle y pedirle que la hiciera correrse.

Peter no se lo permitió.

La acercó al orgasmo y luego se detuvo.

Después de la tercera vez, ella estaba tirando de la corbata, pero sabía que él la había atado perfectamente.

Suficientemente apretado para que no pudiera soltarse, pero no lo suficientemente apretado como para cortar la circulación sanguínea.

"Ahora te correrás". Peter siseó esas palabras y metió tres dedos profundamente en su coño.

La combinación de sus dedos dentro de ella y su voz, exigiendo que ella se corriera, la empujó al borde.

Ella se vino tan fuerte que brotó un poco.

Cuando terminó, Peter extendió la mano y desató los lazos.

La atrajo hacia sí y sonrió cuando ella usó su pecho como almohada.

"Estás cansada bebé. Ve a dormir".

Peter pasó los dedos por su cabello mientras ella se quedaba dormida.

CAPÍTULO 4

Linda abrió los ojos y trató de recordar dónde estaba.

Sintió algo duro y caliente contra su mejilla y vio que Peter estaba arrodillado junto a su cabeza.

"Chúpala. Ahora".

La mente de Linda estaba corriendo veloz.

Recordó encontrarse con Peter en la fila para el cajero.

Habían pasado la noche jugando al blackjack juntos y habían regresado a su habitación de hotel.

Su polla goteaba delante y la guió hacia su boca.

Ella no estaba atada a la cama como antes, pero ansiosamente chupó su polla.

Él fue contundente con ella, empujando su polla profundamente en su garganta.

Ella se atragantó un poco y él retrocedió.

Una mano guiaba su polla dentro y fuera de su boca caliente mientras la otra le pasaba los dedos por el pelo.

"Llámeme señor. Usted es mía hasta que la deje ir. Ahora hágalo más fuerte".

Linda asintió y se puso de rodillas.

Ella estaba frente a él cuando él se arrodilló en la cama y mientras ella continuaba chupando su miembro palpitante, él le pasó las manos por el trasero.

La primera bofetada fue fuerte y dura.

Linda gimió, pero no se atrevió a dejar de chuparle la polla.

Le dio otra palmada en el trasero y esta vez ella pudo sentir que le picaba.

Una y otra vez él la azotó y para el cuarto azote, ella se había relajado por completo y estaba tragando su polla con facilidad.

Los ojos de Peter estaban rodando hacia atrás en su expresión.

Ella era una buena chupapollas.

"Te follaré ahora".

Linda asintió y se movió para poder tumbarse en la cama.

Se subió encima y comenzó a deslizar su polla dentro de ella.

"¿Necesitamos un condón?" Peter hizo la pregunta con calma.

Sabía que tenía que preguntar y deseaba que ella tuviera la respuesta correcta.

"Estoy tomando la píldora".

Linda esperó a ver su expresión facial.

¿Era esa la respuesta correcta para él?

Ella quería complacerlo mucho.

Peter asintió y la empujó sobre su polla.

Era gruesa y su coño se estiraba más de lo que estaba acostumbrada.

Él la sacudió fuerte y rápido sobre su polla.

"Móntame más fuerte".

Peter agarró su culo redondo y la hizo saltar sobre su polla.

Se sentía tan bien que casi perdió el control.

Casi.

"Pellizca tus pezones por mí. Duro".

Linda asintió y se pellizcó los pequeños pezones rosados.

Ella se estremeció un poco por el dolor.

"Más fuerte."

Peter la fulminó con la mirada y ella estaba desesperada por complacerlo.

Ella los pellizcó y tiró de ellos un poco.

Sus senos eran más bien grandes, pero sus pezones siempre habían sido sensibles.

"No, así". Peter odiaba lo gentil que estaba siendo.

Él extendió la mano y agarró sus pezones entre el pulgar y el dedo medio.

Él juntó los dos y vio como Linda echaba la cabeza hacia atrás y se vino.

Él gruñó cuando ella movió sus caderas rápidamente contra su polla y empujó tan profundamente que su polla tocó la entrada de su matriz.

Él continuó pellizcando y sintió que se corría de nuevo.

Su coño latía y brotaba todo al mismo tiempo.

Él soltó sus pezones y entró en ella.

Maldijo en voz alta cuando llegó.

Era tan poderoso que sintió su polla expandirse dentro de ella.

Linda apenas estaba consciente mientras intentaba quedarse sentada.

"Buena chica. Eres mi chica. Mi bebé".

Linda solo pudo asentir cuando se derrumbó sobre él y se desmayó.

CAPÍTULO 5

Linda se despertó por la mañana y se dio cuenta de que estaba sola en la cama.

Estaba desnuda y todo su cuerpo estaba dolorido.

Mientras se incorporaba, podía oler huevos y tocino y se preguntó si Peter había pedido el desayuno.

Se levantó de la cama y buscó algo para ponerse.

La puerta del baño estaba abierta y colgando de uno de los ganchos había una bata blanca.

Se la puso y afortunadamente no se miró en el espejo.

Si lo hubiera hecho, habría notado las marcas en sus muñecas de la corbata de seda junto con el enrojecimiento de sus pezones por la torsión.

Y su trasero estaba de un bonito tono rosado.

"Buenos días." Peter estaba sentado a la mesa del comedor desayunando.

Había otro lugar y Linda se sentó y se sirvió un poco de jugo.

"¿Cómo dormiste nena?" Peter llevaba puesto su traje de negocios, pero le encantaba lo hermosa que se veía Linda con solo la bata.

"Dormí muy bien. Aunque estoy un poco adolorida". La cara de Linda se puso roja.

Le daba vergüenza admitir que le gustaba la sensación de estar adolorida.

Ella quería más, pero sabía que su arreglo de la noche anterior era una noche de sexo sin compromiso.

"Me alegro. Dormí muy bien yo también. Estoy seguro de que quedarse jodidamente insensible por un petardo rubio ayudó a las cosas".

"¿Petardo?" Linda nunca había escuchado ese término antes, pero estaba lo suficientemente cómoda como para preguntar.

"Sí. Eres bajita, menuda y ligera. Eres fácil de transportar y rebotas en mi polla al mismo tiempo que te ves salvaje y sexy. Me encantó".

La cara de Linda se volvió de otro tono rojo.

Normalmente estaba tranquila y romántica durante el sexo y cuando el recuerdo de la noche anterior apareció ante sus ojos, se dio cuenta de un lado que no sabía que existía.

Linda no respondió.

En cambio, ella comenzó a comer su desayuno.

Tenía hambre y pensó que todas las actividades extracurriculares de la noche anterior le habían quemado calorías.

"Así que sé que me anticipé anoche y sé que dije que no tenía condiciones sexuales, pero cambié de opinión. Estoy en la ciudad por unos días y me encantaría explorar este lado sumiso que tienes si me dejas ".

Linda lo pensó mientras masticaba los huevos.

Había estado soltera solo unos pocos meses, pero había extrañado la intensidad del sexo.

Ella nunca se había sentido tan excitada antes.

No había ninguna relación, solo sexo.

Ella podría hacer eso.

"Por supuesto. ¿Tengo que llamarlo señor?" Linda sonrió y cuando Peter se rió, supo la respuesta.

"Solo en el dormitorio. O donde sea que estemos follando. Tengo que ir a la oficina por unas horas. Volveré alrededor de la una. Quiero que te duches y estés desnuda. Acuéstate en la mesa del comedor y espérame."

Linda asintió con la cabeza.

La besó en la mejilla antes de que saliera de la habitación del hotel.

Linda no tenía idea de en qué se había metido, pero sabía que le gustaría.

CAPÍTULO 6

Como él solicitó, ella se duchó y se puso el pelo rubio en una cola de caballo.

Él tuvo la gentileza de avisar cuando llegó al hotel y para cuando entró en la suite, ella yacía en la mesa del comedor.

"Mmm nena. Frótate el coño".

Linda obedeció y observó a Peter acercarse y sentarse a la cabecera de la mesa.

Sus piernas estaban abiertas para él.

Se lamió los dedos y luego los deslizó contra su clítoris y comenzó a frotar.

Ella sabía exactamente lo que tenía que hacer para excitarse y rápidamente estaba gimiendo y jadeando.

"No te corras. Deja de tocarte".

Linda miró con los ojos muy abiertos a Peter.

Ella movió la mano y respiró hondo.

"Quiero correrme".

"Solo te corres cuando te deje. Ahora, chupa mi polla".

Peter se levantó y se desabrochó los pantalones.

Él la giró para que ella estuviera boca arriba con la cabeza colgando de la mesa.

Guió su polla dentro de su boca y empujó.

"Eres una chica mala. Muy mala".

Peter golpeó su coño y esperó una reacción.

Ella gimió y él volvió a hacerlo.

"Las chicas malas son castigadas".

Él rodó sus pezones entre su pulgar e índice y ella se detuvo.

Su boca estaba apretada alrededor de su polla y no se había detenido de chupar su polla para nada.

Quería correrse en su boca, así que empujó por última vez y gruñó.

Linda intentó retroceder, pero no pudo.

Todo lo que pudo hacer fue tragar el fluido salado caliente que inundaba su boca.

Por fin, cuando terminó de echar su semen en su boca, se apartó.

"Eres una buena chupapollas. Creo que mereces correrte".

Los ojos de Linda estaban suplicando.

Ella desesperadamente quería frotar su clítoris.

La aspereza que Peter usó con ella era tan excitante y supo que en el momento en que tocara su clítoris, ella se vendría.

"¿Me puedo correr? ¿Por favor?"

Linda estaba rogando mientras se sentaba en la mesa del comedor.

Peter la miró sin conceder y esperó.

Le encantaba lo sumisa que estaba actuando y por el charco debajo de ella, sabía que estaba excitada.

"Ven."

Peter la agarró de la muñeca y la llevó a la habitación.

Antes de darse cuenta, estaba atada a la cama nuevamente, esta vez boca abajo.

Él separó sus piernas y le dio una palmada en la nalga izquierda.

El golpe resonó en la gran sala y lo volvió a hacer.

Linda no se atrevió a llorar, solo enterró la cabeza en la almohada y gimió de excitación.

"Mi chica mala merece un castigo. Dime por qué eres una chica mala".

Linda apenas escuchaba.

Estaba desesperada por algo que la hiciera correrse y cuanto más tiraba de los lazos que mantenían sus manos juntas, más frustrada estaba.

"Dime por qué eres una chica mala o me detendré".

Linda se sacudió de su sueño.

"Soy una chica mala por querer acabar. Soy una chica mala por no escucharte".

Linda escupió las palabras y rezó para que la tocara.

Peter sonrió.

La había empujado lo suficiente por hoy.

Él hundió su polla en su coño y la folló al estilo perrito.

Envolvió sus manos alrededor de su cola de caballo y tiró hacia atrás.

Se estrelló contra ella una y otra vez y la sintió correrse dos veces seguidas.

Ella guardó silencio mientras enterraba la cabeza en las almohadas.

Finalmente, empujó y se corrió en ella.

"Oh, mierda, eres sexy". Peter jadeó mientras le desabrochaba el nudo hecho con la corbata y la dejaba libre.

Linda solo pudo sonreír.

"Odio que te vayas mañana".

Linda se mordió el labio con fuerza para ocultar sus emociones.

Ella quería que esto continuara para siempre.

SEGUNDA PARTE

37

CAPÍTULO 7

Linda estaba comprando ropa.

Peter le había dado una tarjeta de crédito y ella esperaba ansiosamente su llegada a la ciudad.

Se habían conocido hace unos meses y cada vez que él estaba en la ciudad, pasaban días teniendo sexo intenso y duro.

Había disfrutado ser tan sumisa y le tomó casi una semana recuperarse de los intensos orgasmos esa primera vez.

Linda llevaba una blusa sin mangas junto con pantalones cortos de jean.

Su cabello rubio lo llevaba en una trenza y estaba mirando un hermoso conjunto de sujetador y bragas.

Era de encaje y tenía el tono rosado perfecto.

Sonó su teléfono y ella respondió.

"¿Hola?"

"Frota tu coño por mí".

Peter ya estaba registrado en el hotel.

Había tomado un vuelo temprano para poder tener algo de tiempo para jugar con Linda.

Se imaginó que ella estaba de compras.

"Estoy en público Peter".

Linda esperaba que nadie pudiera escuchar su voz a través del teléfono.

"No me importa. Frota tu coño".

Linda se movió para que nadie pudiera ver y comenzó a frotar sus dedos contra sus pantalones cortos de jean.

"Desliza tu dedo índice en tu coño".

Linda hizo lo que le dijo.

Ya estaba empapada y se preguntó si la atraparían haciéndolo.

La vendedora estaba ocupada con otro cliente y no notó que Linda se retorcía contra el estante de sostenes caros.

"¿Estás cerca de llegar?"

"Uhhhh".

Linda no pudo hablar.

El tono de su voz era tan autoritario y Peter solo acababa de comenzar.

"Bien. Ahora deja de tocarte y encuéntrame en el lobby del hotel".

Peter colgó el teléfono y se instaló en su habitación.

Podía imaginar a Linda en el centro comercial o caminando por la calle desesperada por correrse.

Sabía que ella no se tocaría hasta que él lo dijera.

* * *

Linda maldijo por lo bajo y decidió comprar el sujetador y las bragas más caros de la tienda.

Compró la lencería y caminó rápidamente para tomar un taxi.

Durante todo el camino, ella se retorció en su asiento.

Tenía tantas ganas de correrse y estaba ansiosa por ver a Peter.

Prácticamente saltó de la cabina y corrió hacia el vestíbulo del hotel.

Miró a su alrededor y no pudo verlo.

Sonó su teléfono y ella respondió.

"¿Sí?"

"Pídale al recepcionista la llave de mi habitación".

Linda colgó el teléfono y prácticamente corrió hacia el escritorio de recepción.

Cogió la llave que le dieron y estaba en el ascensor lo más rápido que pudo.

En el momento en que se abrieron las puertas de la suite, ella corrió hacia la sala de estar.

Peter estaba vestido con un pijama de seda y sostenía una larga bufanda de seda.

"Fóllate".

Linda corrió e intentó besarlo.

Sus manos recorrieron todo su cuerpo, pero él la apartó.

"Frótame el coño. Muéstrame lo mucho que lo necesitas".

Linda se quitó los jeans y las bragas y se dejó caer de rodillas.

Ella extendió las rodillas y sacudió las caderas cuando sus dedos se hundieron profundamente en su coño.

Peter miró y sonrió.

Estaba tan cachonda y a él le encantó.

"Detente."

Linda levantó la vista.

Deseaba desesperadamente seguir adelante, pero sabía que tenía que obedecer.

"Sí señor."

Peter agarró su mano y la retorció detrás de su espalda.

Él agarró su otra mano también.

Él le mordió el cuello con tanta fuerza que dejó una marca.

Linda estaba tan excitada por su mordisco que no se dio cuenta de que ya tenía las manos atadas.

"Eres mi puta esta noche. Dilo. Dime que eres mi puta".

"Soy tu puta".

Los ojos de Linda estaban vidriosos y todo lo que podía pensar era en su polla.

La estaban cubriendo los pantalones y podía ver un círculo de humedad donde estaba la cabeza de su miembro.

Casi podía saborear su líquido preseminal en su boca.

Ella estaba tan cachonda.

Peter miró a Linda y supo que ya iba a superar sus límites esta noche con ella.

Eso era algo que había esperado hacer desde que la conoció en el casino.

CAPÍTULO 8

La arrastró por el pañuelo de seda y la empujó boca abajo sobre la cama.

Le dio varias palmadas en el trasero tres veces tan fuerte de lo normal hasta que vio la huella de su mano.

"Eres mi puta. Voy a hacer que te corras esta noche".

Linda ni siquiera pudo responder.

Estaba restregando su clítoris en las suaves sábanas, pero no podía obtener la presión adecuada para saciarla.

Estaba lista para correrse, pero Peter lo arregló.

Él hundió cuatro dedos en su coño y empujó con fuerza.

Su pulgar encontró su clítoris y lo frotó.

Su mano estaba cubierta en sus jugos y le encantó.

La sintió correrse por primera vez.

Apenas tuvo tiempo de recuperarse cuando encontró su cuello uterino y comenzó a acariciarlo.

Ella gritó y trató de alejarse.

Era una parte tan sensible y quería gritar y gemir al mismo tiempo.

Tener su dedo índice acariciando la yema sensible dentro de su coño lentamente la estaba volviendo loca.

Estaba cerca del orgasmo de nuevo, pero el dolor de su caricia la estaba reteniendo.

Peter la sostuvo y continuó el asalto.

Él la tocó más fuerte y más rápido.

Cuando ella llegó de nuevo, sintió un chorro de jugos calientes en la palma de su mano.

Él extendió la mano y agarró su garganta.

Ella se estaba convirtiendo en un desastre y a él le encantaba.

Él sacó su mano de su coño y se bajó los pantalones.

Empujó su polla dentro de ella y comenzó a joderla.

"Eres mi puta. Me encanta tu coño apretado y húmedo. Voy a inundar tu coño con mi esperma".

Peter la tiró de un lado a otro por la corbata de seda y cuando llegó, gritó.

Se sentía tan bien correrse dentro de ella.

Se dio cuenta de que normalmente podía durar más, pero con Linda era diferente.

Solo pensar en ella lo excitaba.

Verla hacía que su polla palpitara y en el momento en que la tocaba, ya estaba cerca del orgasmo.

"Dios, me encanta follarte. No tengo una reunión hasta mañana por la mañana. Así que vas a ser mi pequeño juguete hasta entonces".

FIN

45

VESTIDA PARA LA OCASIÓN

47

El silencio de la noche la rodeó, presionándola con su serenidad, intentando calmar su ansiedad.

Sin embargo, eso no podía calmarla.

Sentimientos desenfrenados a los que no estaba acostumbrada, y que nunca antes había experimentado, surgieron en su cuerpo, poniéndola nerviosa.

Sus tacones chasquearon suavemente a lo largo del camino pavimentado mientras miraba hacia el cielo.

¿Por qué va a ir allí esta noche?

¿Por qué se había vestido de esa manera?

Podía sentir el poder que su mirada tenía sobre ella.

Ella suspiró y permitió que su mente no siguiera pensando sobre los eventos que podrían pasar esta noche.

* * *

Se sentía como si cada mirada estuviera en ella mientras entraba al local.

Sus zapatos de tacón de aguja chasquearon contra el piso de madera dura mientras pasaba por la pista de baile y se acercaba al bar.

La falda de su atuendo rojo y negro se balanceaba de lado a lado con cada paso, la franja roja fluía contra su rodilla mientras que el negro descansaba unos centímetros por encima.

La blusa colgaba suelta de sus hombros, bajando por sus senos, rebotando lo suficiente como para llamar la atención con cada paso que daba y mostrando una generosa proporción de piel.

Y sin brassier.

Ella sabía cómo se veía con este atuendo.

Parecía una zorra.

Había terminado el look con una gargantilla de encaje negro alrededor del cuello y solo un toque de lápiz labial rojo.

Se sentó entre un hombre y una mujer, y le sonrió al camarero.

"Hola James"

"Samy. Qué bueno que es verte de nuevo". Él dejó que sus ojos se deslizaran sobre ella lentamente por su cara y senos. "Muy bueno, de hecho. ¿Y para quién es la ocasión?"

Ella negó con la cabeza y sonrió, haciendo que un mechón de rizo cayera sobre su oreja.

"No hay ocasión. Simplemente tenía ganas de vestirme así".

Él estiró el brazo por encima de la barra y colocó el rizo detrás de su oreja.

Sus dedos rozaron el costado de su mejilla y ella casi olvidó cómo respirar.

"Deberías vestirte así con más frecuencia".

"Quizás lo haga."

"Saldré de trabajar ahora en la noche alrededor de las once. ¿Te gustaría bailar después?"

Ella asintió lentamente, incapaz de apartar su mirada de la de él.

Con una precisión muy lenta, se inclinó sobre la barra y acercó sus labios a los de ella, profundizando el beso lo suficiente como para hacerla querer más antes de que él se alejara.

"Unos veinte minutos."

* * *

Esos veinte minutos nunca habían parecido más largos en la vida de Samy.

Ella observaba todo a su alrededor todo el tiempo consciente de cada movimiento que él hacía sin siquiera mirarle.

Era como si sus sentidos estuvieran sintonizados con su cuerpo, pero aun así ella saltó cuando él la tocó en la parte posterior del hombro.

Se había desabrochado el cuello de la camisa negra y le estaba sonriendo, tendiéndole la mano.

"Creo que me debes un baile".

Cuando ella colocó su mano en la de él, fue como si una pequeña descarga de electricidad atravesara su cuerpo.

Él sonrió cuando la llevó a un rincón de la pista de baile y luego la acercó a su cuerpo cuando la canción cambió.

Era lento y seductor, y el latido de él parecía coincidir con su corazón, mientras se apretaba contra él.

Y ya así de pronto ella fue muy consciente de los contornos duros que ondulaban contra su cuerpo blando.

Ella deslizó sus brazos alrededor de él, presionando sus suaves curvas traseras con sus manos mientras se balanceaban de un lado a otro.

Se inclinó y presionó sus labios contra los de ella, separándolos suavemente y seduciéndola con su lengua.

Su mano se deslizó más abajo sobre su espalda, descansando sobre su cadera, deslizándose lo suficientemente bajo como para acariciar una mejilla del culo mientras tiraba de su parte inferior del cuerpo contra la suya.

Ella jadeó al sentir lo fuerte que él realmente estaba presionando contra ella y podría haber jurado que lo escuchó gemir.

Pero justo cuando lo hizo, el otro camarero lo llamó y él suspiró, bajando la cabeza hacia atrás.

"Samy ... ya vuelvo. Juro que lo haré. No vayas a ningún lado".

Ella asintió algo tontamente mientras se alejaba de la pista de baile y entraba en un reservado aislado.

Vio que James regresaba al bar y se inclinaba sobre él nuevamente, hablando con Joseph.

Joseph era el barman sustituto de la noche.

Siempre se hacía cargo cuando James se retiraba.

Cuando vio a una rubia alta y de piernas largas unirse a ellos, se dio cuenta de algo.

Ella no era ese tipo de chica.

No tenía idea de lo que estaba haciendo.

James era el tipo de hombre que siempre tenía disponible a cualquier chica, cualquier chica alta, rubia y súper sexy.

Y ella era bajita, morena y latina.

Ella salió corriendo.

Tan rápido y silenciosamente como pudo.

Se dirigió hacia la puerta y cuando miró por encima del hombro vio a la rubia inclinarse cerca de James y deslizar sus dedos por su brazo.

Ella suspiró y sacudió la cabeza mientras continuaba su camino.

No sería bueno detenerse a pensar en ello.

Le empezaban a doler los pies por los tacones, así que se los quitó y se apartó del camino empedrado, dejando que sus pies la guiaran hasta la orilla del río que conocía tan bien.

Metió los pies en la orilla del río y simplemente miró el agua durante mucho tiempo.

"¿Qué estaba pensando?" Ella finalmente murmuró.

"Eso es lo que me gustaría saber".

Ella casi gritó cuando se dio la vuelta.

James estaba de pie detrás de ella, con los brazos cruzados con enojo y frunciendo el ceño.

Pero el ceño fruncido lentamente se fue reemplazando por una mirada de confusión y preocupación.

"Samy, estás llorando. ¿Qué te pasa?"

Ella apartó la vista de él y cruzó el río hacia la otra orilla con césped.

"No debería haberlo hecho. No debería haber venido al bar esta noche vestida así. No debería haber pensado que tenía una alguna oportunidad".

"Samy, ¿de qué demonios estás hablando?"

Él se acercó y dejó caer su mano sobre su hombro.

Ella estaba temblando, tenía frío.

Él se quitó apresuradamente el abrigo y se lo echó sobre los hombros, colocándose detrás de ella para frotarle los brazos.

"Te veías hermosa alá dentro. Creo que olvidé cómo tenía que respirar cuando entraste".

"He visto a las mujeres con las que usualmente estás. No soy como ellas, James. No soy elegante ni super sexy. No soy rubia, ni alta, ni de piernas largas, ni tengo un cuerpo perfecto como ellas. No tengo solución en contra de eso. Ni siquiera sabía lo que estaba haciendo ". Ella terminó en un susurro.

"¿En serio? Podrías haberme engañado allá dentro".

La giró hacia él y se inclinó hacia adelante, presionando sus labios contra su cuello.

Ella se estremeció.

"Tu cuerpo se sentía perfecto cuando me presionaste contra ti en esa pista de baile".

Levantó la mano y ahuecó su pecho, trazando el contorno de su pezón a través de su blusa.

La hizo temblar un poco.

"Seguro que éstos parecían saber qué querían hacer cuando nos estábamos besando y presionando juntos".

Se inclinó sobre ella y la obligó a tumbarse hasta que estuvo acostada en el suelo.

"Déjame mostrarte, Samy. Déjame demostrarte que eres más de lo que crees".

Sus labios se deslizaron contra los de ella antes de deslizarse por su cuello y sobre la delgada blusa que cubría sus senos.

Su aliento quedó atrapado en su garganta cuando los labios de él encontraron primero un pezón y luego el otro, chupándolos lentamente mientras ella se arqueaba en su toque.

Sus dedos encontraron hábilmente el dobladillo de su blusa y comenzaron a subirla lentamente, provocando a su piel cuando se reveló.

La levantó más allá de sus senos y la sostuvo justo por encima de ellos mientras besaba su seno derecho, saboreando su piel.

Ella gimió cuando James finalmente acercó sus labios a la cresta de su seno, tomando el pezón entre sus dientes y tirándolo suavemente antes de succionarlo.

Ella gimió aún más fuerte cuando su mano comenzó a amasar su otro seno, rodando su palma sobre su pezón repetidamente.

"¿Ves?" Él respiró contra su piel. "Eres la mujer perfecta".

Él comenzó a besarla en su camino hacia abajo, trazando círculos alrededor de su ombligo con su lengua.

James le sonrió mientras alcanzaba su falda y, en lugar de bajarla, la empujó hacia arriba.

La parte delantera se dobló hacia atrás y en el momento siguiente estaba colocando besos suaves y juguetones a lo largo de su montículo caliente por encima de las bragas.

Ella ya estaba húmeda.

Podía sentirlo a través de sus bragas mientras frotaba su nariz contra ella.

Ella tembló debajo de él y él le acarició suavemente con los dedos de arriba a abajo mientras usaba los dientes para deslizar las bragas hacia abajo.

La besó de nuevo, sin barrera ya entre sus labios y su coño.

Él comenzó a deslizar su lengua a lo largo de su hendidura y ella gimió, sus caderas arqueándose desenfrenadamente de modo que él presionó su lengua profundamente en ella, trazándola sobre su clítoris.

Samy gimió y se arqueó contra su lengua, el placer la recorrió mientras él rozaba sus dientes contra su clítoris y deslizaba un dedo dentro de ella.

"Mentí", respiró contra su clítoris. "No solo olvidé cómo respirar".

James succionó suavemente su clítoris, su dedo bombeando dentro y fuera de su tensión.

"Casi me vengo en los pantalones con solo de verte antes".

Los dedos de ella se agarraron a su cabello, y él sonrió contra su coñito mientras deslizaba un segundo dedo dentro de ella, pasando su lengua sobre su clítoris repetidamente hasta que su cuerpo temblaba bajo su boca.

Sus dedos la acariciaron, adentro y afuera, excitándola, persuadiendo a su cuerpo para que respondiera hasta que ella se balanceara contra su mano y lengua.

"James", su voz casi falló cuando se retorció en su mano. "¡Por favor no te detengas ahora!"

Salieron sus palabras en un suave tono de complicidad, pero rápidamente subió de volumen cuando ella gritó de placer.

Él estaba mordido suavemente su clítoris y ahora lo estaba chupando con fuerza, y sus dedos empujando con fuerza dentro de ella tomando su clímax.

Él ansiosamente lamió sus jugos y cuando el temblor de su cuerpo se desaceleró,

Cuando acabó, se movió por encima de ella.

Él sonrió y apoyó su frente contra la de ella, dejando que su cuerpo rozara el de ella mientras la miraba a los ojos.

"Te lo dije, eres tan mujer como ellas, si no más".

Sus ojos brillaron con algo que podría haber sido de duda mientras miraba a los ojos de James, pero luego dejó que sus dedos recorrieran su pecho y bajaran al bulto duro en sus pantalones.

"¿Es por eso por lo que lo tienes tan duro?

¿Porque soy una mujer así como ellas?"

Sus dedos rozaron arriba y abajo contra su polla, y él no pudo evitar el gemido que se deslizó más allá de sus labios.

Sin embargo, no tuvo oportunidad de responder ya que los labios de ella encontraron los suyos y cualquier pensamiento fue borrado de su mente.

Sus dedos se deslizaron hacia su pecho y hábilmente comenzó a desabotonar su camisa.

Rápidamente la sacó de sus pantalones y le empujó a un lado mientras tiraba de su camisa para quitársela completamente.

El botón de sus pantalones se abrió con un tirón y la cremallera se deslizó casi por sí sola.

Ella le bajó los pantalones y los boxers lo suficiente como para liberar su polla y envolvió su pequeña mano alrededor de ella, acariciándola lentamente para que él gimiera y se apretara ansiosamente contra su mano.

Él gimió de molestia y se puso de pie, quitándose los pantalones y los boxers en un solo movimiento y volviéndose hacia ella.

Ella ahora estaba de rodillas y le sonrió mientras una vez más envolvía su mano alrededor de él.

Él se inclinó sobre ella haciéndole unas caricias lentas, cerrando los ojos.

Al momento siguiente, sin embargo, los abrió cuando los labios de ella se envolvieron alrededor de su polla, moviéndolos lentamente hacia arriba y hacia abajo sobre su miembro duro.

Él puso ahora sus manos en la parte posterior de su cabeza y lentamente comenzó a empujarla dentro y fuera de su boca, gimiendo mientras ella lo chupaba con cada movimiento.

Los golpes suaves no tardaron mucho en volverse rápidos y cortos, Samy lo chupaba más fuerte cuanto más rápido él le movía la cabeza.

Su mano estaba acariciando sus bolas, haciéndolas rodar hacia adelante y hacia atrás mientras su boca se apretaba alrededor de él.

Cuando ella estaba jugando con su lengua en la cabeza de la polla, él explotó en su boca.

Ella tragó rápidamente cuando él le mandó su chorro, apretando la boca y la garganta contra su polla haciéndole correrse aún más fuerte y con más chorros, hasta que finalmente se agotó.

Deslizó la polla de su boca lentamente y dejó que su mirada cayera al suelo.

Cayó de rodillas delante de ella, colocando su mano contra su mejilla.

Estaban a solo paso de distancia cuando el dedo de James trazó el costado de su rostro, hundiendo su dedo debajo de su barbilla y levantó sus ojos hacia los de él.

"No hemos terminado aun".

Su voz fue tan baja que le dieron escalofríos por la espalda mientras lo miraba maravillada.

Se inclinó y presionó sus labios contra ella, profundizando rápidamente el beso.

Cuando su lengua se deslizó más allá de sus labios, una mano se deslizó detrás de ella, acercándola contra él para que fueran carne con carne.

Sus pezones presionaron contra su pecho gozosamente, y su nueva erección presionó con fuerza contra sus abdominales inferiores.

Ella se movió y frotó su cuerpo a lo largo de él lentamente, haciéndole gemir cuando su beso se volvió febril.

La recostó de nuevo y deslizó su falda por sus piernas.

Él la miró por un largo momento antes de moverse.

Él se inclinó sobre ella otra vez y le dio un ligero beso en el vientre, justo encima del ombligo.

Él sonrió contra su piel cálida y comenzó a besarse hacia arriba, a la inversa de sus acciones anteriores.

Sus labios apenas juguetearon contra sus senos antes de asentarse en su cuello y acariciar su latido.

Él palpitaba entre sus piernas, su miembro presionando contra su rajita húmeda mientras ella envolvía sus piernas alrededor de su cintura y él deslizaba sus brazos alrededor de ella.

En un rápido movimiento, James estaba sentado con ella en su regazo y, si esto fuera posible, presionando aún más su verga contra ella.

Ella se retorció un poco y él gimió.

La besó hasta llegar justo debajo de la oreja y tiró suavemente de su lóbulo.

"Dime, Samy, ¿lo quieres?"

Su aliento era caliente contra su piel y ella temblaba.

"¿Quieres mi polla grande y dura enterrada en tu interior?"

La respuesta de Samy sonó casi como un gemido mientras se frotaba contra él.

"Sí. Por favor, James, he querido esto desde ..." pero ella rápidamente se detuvo, un sonrojo aún en sus mejillas y miró hacia otro lado.

James no tenía idea de eso.

Forzó su mirada de nuevo a la suya y apoyó su erección contra ella.

"Termina lo que estabas diciendo".

Ella gimió y sus uñas se clavaron ligeramente en su piel.

"He querido esto desde que te conocí".

"Entonces dime qué tanto lo quieres".

No fue una demanda, más bien una petición mientras él deslizaba sus dedos por sus senos, amasando lentamente su carne.

Podía sentir su calor irradiando contra su polla, y estaba haciendo todo lo que podía para no simplemente arrojarla y tomarla.

Su respuesta lo sorprendió, y destrozó todo el autocontrol que había estado usando.

"No lo quiero. Lo necesito, James".

Sus ojos estaban fijos en los de él ahora, y él gimió suavemente contra su piel mientras ella se apretaba más.

"Lo necesito tanto, lo he soñado tanto tiempo. Por favor. Necesito que me folles".

No podía negarle eso más.

No pudo contenerse más después de eso.

La levantó hasta que la cabeza de su polla se presionó contra su abertura y luego rápidamente la dejó caer sobre ella.

Ambos gimieron.

Su coño estaba tan apretado alrededor de su polla que cuando él comenzó a moverla hacia arriba y hacia abajo sobre su miembro, y su longitud dura parecía aún más grande encerrada dentro de ella.

Ella gimió y usando sus piernas para apalancarse comenzó a saltar sobre su polla.

Sus pechos rebotaron libremente contra él y sus pezones lo llamaron cuando él se inclinó hacia adelante y comenzó a mamar.

Ella gimió y comenzó a saltar más rápido sobre su polla, impulsándose una y otra vez.

Sus labios estaban provocando a sus pezones, atrayéndolos y chupando, luego pasando su lengua sobre ellos y mordisqueando mientras se balanceaba con sus rebotes, gimiendo contra su piel, enviando vibraciones a través de sus mordiscos.

Su coño estaba tan mojado que la humedad le bajaba por la polla, y él gimió cuando ella intencionalmente apretó su raja a su alrededor, haciendo que él se resistiera más a ella.

Él los inclinó a ambos para que ella estuviera de espaldas nuevamente sobre la hierba y comenzó a golpear su polla con fuerza dentro y fuera de ella.

Samy gimió aún más fuerte, sus uñas rastrillando su espalda mientras otro fuerte empujón la hacía volver a su clímax.

El espasmo apretado alrededor de su polla rápidamente hizo que James se corriera también y él se estrelló aún más rápido contra ella, gruñendo cuando su semen caliente la llenó hasta que se derramó por sus muslos.

Cayó a un lado, jadeando.

Luego la atrajo hacia él, dejando besos suaves a un lado de su rostro.

"Ahora, ¿pasarán otros cinco años antes de que seas lo suficientemente valiente como para volver a hacer esto?"

Él sonrió y besó la comisura de sus labios.

"No jamás, James".

Samy sonrió y rozó sus labios contra los de él.

"Bien, porque no creo que pueda quitarte las manos de encima por más de un día o dos".

La risa de Samy resonó a través del lago, y James sonrió cuando se sentó y la besó profundamente.

Esto definitivamente podría ser el comienzo de algo muy interesante.

RECEPCIÓN INESPERADA

Glenn llega a casa después de un duro día de trabajo y deja su maletín y su abrigo junto a la puerta.

Él se encuentra que la casa está inusualmente tranquila pero no le presta demasiada atención y se dirige a la habitación.

Mientras sube las escaleras, huele el maravilloso aroma del perfume de su amada esposa Susan.

Cuando llega al rellano, oye unos débiles sonidos de música escapando levemente a través de la puerta de su habitación.

Asegurándose de no hacer ningún ruido, abre la puerta lentamente.

"¿Susan?" dice con una voz masculina bastante profunda.

A medida que la puerta se va abriendo cada vez más, la visión de su cuerpo desnudo acostado en la cama lo hace temblar.

"Si nene." ella dice en una voz sensual.

Él comienza a acercarse hacia la cama, pero ella le indica que se detenga.

Desconcertado, hace lo que le indica sabiendo que ella tiene algo en mente.

Ella se levanta de la cama.

Su cuerpo se mueve con mucha gracia.

No puede evitar estar fijo en su delicioso pecho moviéndose ligeramente mientras ella camina hacia él.

Siente que su polla se endurece cuando pasan por sus pensamientos "Ella es tan hermosa".

Ella extiende sus manos y le desabrocha el cinturón.

También los pantalones, los desabrocha y se los baja.

Esto lo hace temblar de emoción.

Como ella lo ve tan emocionado, se sonríe y tira de sus boxers hacia abajo con una necesidad hambrienta de chupar su miembro duro.

Ella coloca suavemente sus manos sobre su ahora erecta polla, acariciándola lentamente.

Luego saca la lengua y lame la cabeza antes de colocársela en su boca.

Él gime cuando ella comienza a chupar su polla dura.

Moviéndola hacia dentro y hacia fuera de su boca cada vez más rápido.

Luego vuelve lentamente a un ritmo bajo y gira su lengua alrededor de la cabeza mientras lo acaricia con la mano.

Él gime mientras su mano acaricia la cabeza rosada de su polla.

Luego lame sus bolas hasta la punta de su polla.

Ella se lo saca de su boca y se levanta para besarlo apasionadamente mientras le quita la camisa.

Él envuelve sus cálidos brazos alrededor de ella, acercándola a él, sintiendo sus senos presionados contra su pecho.

Mientras se besan, sus manos corren por su cuerpo sintiendo su piel suave bajo las puntas de sus dedos.

Sus manos se mueven sobre su trasero y lo aprieta con fuerza.

Él la levanta por el culo envolviendo sus piernas alrededor de su cintura y se mueve hacia la cama.

Él la acuesta suavemente y se mueve encima de ella.

La besa profundamente bajando hasta su cuello y pecho.

Lentamente lame alrededor de su seno derecho cada vez más cerca de su, ahora, pezón erecto.

Él coloca su pezón en su boca y lo chupa mordiéndolo suavemente.

Moviéndose hacia el otro seno, él se agacha y comienza a frotar su clítoris, lo que hace que ella aumente su respiración y comience a gemir ligeramente.

Él frota más rápido mientras besa su estómago enfocándose en su ombligo.

Ella siente que se moja mucho y su respiración se acelera.

Él besa su lindo montículo y luego reemplaza sus dedos con su lengua.

Chupando y mordiendo suavemente su clítoris.

Esto la envía a una ola de placer, gimiendo.

Luego inserta un dedo que pasa por los labios de su coño hinchado hacia ese lugar secreto y resbaladizo.

Él desliza su dedo dentro y fuera lentamente y luego se apresura insertando otro dedo más mientras ella gime.

Él continúa concentrándose en chupar su clítoris mientras sus dedos golpean preciosamente ese lugar tan especial en su interior que sabe que la vuelve absolutamente loca.

Ella gime en voz alta y siente un hormigueo desde la pierna derecha hacia arriba y alrededor de su cuerpo y que sale hacia su pierna izquierda.

"¡Oh bebe!" ella gime, "¡Eso se siente tan bien!"

Glenn sabe que, si continúa así, ella definitivamente irá al límite, por lo que se ralentiza y besa su cuerpo de regreso para devorar su boca.

Comparten un beso apasionado.

Sus lenguas bailando juntas.

Quitando sus dedos de su coño ahora empapado, comienza a masajear su seno derecho.

Sus gemidos reprimidos por los besos.

El beso se rompe y ella le susurra al oído:

"Te necesito dentro de mí, cariño".

La mención de su polla dura deslizándose en el coño mojado de su amada lo hace gruñir de lujuria y se mueve encima de ella.

Abriendo sus piernas con sus caderas, se posiciona para entrar en ella.

Jugando con ella, inserta solo la cabeza y luego se retira lentamente.

"Por favor dámelo todo." ella le suplica, pero él prevalece y sigue el ritmo del juego metiendo solo la punta y retirándola cuando ella comienza a gemir.

Finalmente, en un punto inesperado, conduce a su miembro duro hasta el final para hacerla chillar.

Él comienza a empujar dentro y fuera de ella lentamente con golpes largos y duros.

Él comienza a acariciar más fuerte y más rápido tirando de su trasero para una penetración más profunda.

"Oh, Dios, te sientes tan bien dentro de mí. Te amo tanto cuando follas mi coño".

A esto gruñe y se retira de repente.

Él le hace un gesto para que se dé vuelta y ella lo hace rápidamente con un salto de emoción.

Él sabe que entrarla por detrás es una de sus posiciones favoritas y también a él le encanta dárselo así.

Él le inserta su polla y comienza a empujar duro y rápido.

Ella gime en voz alta, diciéndole más fuerte.

Le encanta follar a su encantadora esposa, así que comienza a ser más duro con ella.

Su cuerpo y bolas golpeando contra su culo ahora rojo.

Ella comienza a empujar de vuelta a sus empujes, haciendo que su polla se introduzca aún más adentro.

Ambos gimen de placer.

"Oh, me voy a correr, nena. ¿Estás lista para mi leche?"

"Oh, sí bebé, yo también me voy a correr".

Unos cuantos golpes más y Susan grita de placer y su cuerpo comienza a temblar cuando su orgasmo la está abrumando.

Glenn siente que las paredes de su coño comienzan a ordeñar su polla y ya no puede aguantar más.

Gruñendo su nombre, él dispara su esperma caliente profundamente dentro de su coño ahora cremoso y húmedo.

Susan, exhausta por su explosión, descansa sobre sus codos cuando siente que le arroja unos chorros más de semen dentro de ella.

Satisfecho, e intentando no caerse sobre ella, se retira lentamente de su coño y la agarra por la cintura tirando de ella hacia la cama con él.

Se miran a los ojos, ambos nublados por los poderosos orgasmos que acababan de atravesar sus cuerpos hace apenas unos segundos.

Una satisfacción de conocimiento mutuo persiste en la habitación mientras los dos se duermen en los brazos del otro.

INSATISFECHA

65

Es una mañana fresca.

Tengo que ir al trabajo, pero no tengo ganas de levantarme.

Acostada aquí, pienso en amarte.

Puedo ver tus ojos mirándome, sonriéndome.

Ya puedo sentir el calor acumulándose en mi entrepierna.

Deslizo mi mano suavemente sobre mis senos como si tus ojos la siguieran.

Mis pezones responden de inmediato, endureciéndose.

Levanto el seno para chupar un pezón suavemente en mi boca.

Siento tus labios cerrarse alrededor del otro pezón y un gemido profundo escapa de mis labios.

Siento el jugo cuando comienza a deslizarse hacia abajo desde el interior de mi coño.

Muevo mis manos alrededor de mi estómago y luego hacia mi abdomen, imaginando tus manos tocándome.

Lentamente deslizo mi dedo medio en la humedad y el calor.

Aprieto mi dedo como si tu polla estuviera enterrada en lo más profundo de mí.

Deslizando mi dedo dentro y fuera, mis caderas comienzan a moverse en un movimiento circular.

Siento a mi dedo queriendo más de la sensación que se está creando.

La palma de mi mano ha atrapado el jugo que ahora sale de mi coño.

Lamo el dulce sabor de mi palma y deslizo mi largo dedo en mi boca imaginando que es tu deliciosa polla.

Lentamente rodeo la punta de mi dedo con la lengua como si fuera la cabeza de tu polla.

Muevo mi lengua a lo largo de mi dedo, girando todo alrededor para atrapar cada pedazo de jugo.

Cierro los labios con fuerza en la base de mi dedo y deslizo mi boca hasta la punta y empiezo a trabajar con mi lengua alrededor de la parte superior de mi dedo.

¿A qué te imaginas que tu polla está enterrada en mi boca?

Observando cómo mi cabeza se mueve hacia arriba y hacia abajo, succionándote profundamente en mi garganta con los músculos de mi boca trabajando.

Te estoy chupando la polla y puedes sentir mi lengua y mi boca chuparte igual que yo siento como si hubieras chupado mis pezones.

Mi lengua se mueve por todos lados, mis labios húmedos moviéndose constantemente con la necesidad de chuparte más fuerte, más rápido, y más profundo.

Estoy muy excitada ante la idea de sentirte enterrado en mí.

Tomo mi dedo y lo deslizo nuevamente dentro de mi coño, asegurándome de que esté empapado.

Saco mi dedo y lo froto por toda mi raja y lo sumerjo nuevamente para obtener más humedad.

Esta vez froto también mi apretadito agujero trasero.

Lentamente deslizo un dedo dentro y el orgasmo es inmediato.

Me encantaría que me follaras con los dedos y la polla al mismo tiempo.

Me encanta la idea de ser llenada por ti.

Ruedo sobre mi estómago y comienzo a trabajar mi clítoris con ambas manos.

Moviendo mis manos hacia mi estómago, presionando firmemente sobre mi dulce montículo.

Me follo con las manos hasta que siento que esa sensación comienza.

La sensación comienza en el fondo y me hace apretar mientras me voy a correr de nuevo.

Muevo mis caderas más rápido, mis pies se encogen por la necesidad de explotar adentro mientras me follo con los dedos.

Un gemido largo, profundo y gutural se escapa cuando llego al clímax completamente y exploto.

Agotada, me acuesto de espaldas, pienso en lo que acabo de experimentar y me encuentro excitada de nuevo.

Me sigo preguntando "¿qué es este hechizo que tienes sobre mí"?

Ningún hombre me ha excitado tanto como tú.

Te veo en mi mente, el hombre cariñoso y sexy que eres.

Puedo sentir tus suaves y dulces labios sobre los míos.

La forma en que tu lengua sedosa esboza mis labios y el suave mordisco de tus dientes.

La forma en que tu lengua se desliza profundamente en mi boca y prueba el hambre que tengo para ti.

La forma en que tu lengua rodea la mía y el dulce intercambio de tu saliva se mezclan con la mía.

Puedo sentir tu boca caliente mientras se mueve hacia mi oído y el calor de la punta de tu lengua cuando se lanza rápidamente dentro.

El suave susurro de mi nombre trae una oleada de esperma justo dentro de mi dulce coño y tu boca se mueve hacia mis pezones duros y erectos.

Lentamente, tu lengua rodea mi pezón izquierdo y soplas tan suavemente.

Cierras la boca sobre mi dureza reactiva y gimo.

Mi mano derecha comienza a deslizarse sobre mis pezones y levanto el seno izquierdo hacia mi boca para chupar suavemente el pezón, imitando cómo se sentiría tu boca.

Lentamente, mis dedos se deslizan sobre mis costillas hacia mi abdomen y los dedos largos y delgados de mi mano llegan a mi dulce clítoris.

Suavemente, las puntas rozan el botón y mi dedo medio se desliza dentro hasta el primer nudillo para sentir la humedad que se ha acumulado allí.

Deslizo el dedo profundamente para liberar tu semen y atrapar el jugo de miel en la palma de mi mano.

Lamo el jugo de mi palma, saboreando el sabor y el olor del sexo.

Deslizo mi dedo medio, justo hasta el primer nudillo, en mi boca, imaginando que es la cabeza de tu polla.

Lentamente, mi lengua da vueltas, de nuevo probando el jugo y sé que es tu leche preseminal lo que estoy saboreando en mi lengua.

Mi boca caliente y húmeda se desliza por mi dedo, como si fuera tu miembro caliente e hinchado.

Mi boca se cierra completamente y se desliza hacia arriba hasta la punta mientras mi boca apretada chupa solo la cabeza imaginada de tu polla sedosa.

A medida que cojo el ritmo de follar mi dedo en mi boca, casi puedo sentir la tensión en tus bolas cuando el semen comienza a elevarse.

En este mismo pensamiento, siento que la humedad se desliza fuera de mi coño y sé que tengo que follarme.

Ruedo rápidamente sobre mi estómago, mis manos buscan mi coño.

Los presiono con fuerza contra mi montículo, las yemas de los dedos encuentran mi clítoris.

Mis caderas comienzan a girar lentamente, dando vueltas y vueltas a medida que mis músculos de pies y piernas comienzan a tensarse y mis dedos trabajan mi dulce coño.

Te veo entrar por detrás y me imagino tu polla, empapada con mis jugos y brillando en la humedad mientras se desliza dentro y fuera de mi coño.

Oh, joder, estoy tan jodidamente excitada mientras mis dedos y palmas presionan fuerte ... lo más duro que pueden mientras llego al clímax.

Mis pies y piernas están apretados, mi cuerpo se estremece por la intensidad.

Me giro sobre mi espalda imaginando tu dulce y palpitante polla dentro de mi coño sediento de semen.

Los músculos de mi coño continúan apretándose como si estuvieran chupando el semen de tu polla.

Y entonces sí, casi puedo sentir esa lengua caliente tuya mientras se desliza hacia arriba y hacia abajo por mi raja.

Tu boca se cierra sobre los labios de mi coño y el rápido movimiento de tu lengua que me hace correrme en tu boca.

Y te levantas, a horcajadas sobre mi cuerpo y deslizas tu polla empapada de esperma en mi boca.

Saboreo el sabor de nuestros jugos mezclados mientras chupo y lamo limpiamente.

Me desplomo sobre la cama, mi cuerpo todavía tiembla y hormiguea.

Qué sentimiento tan maravilloso haces que sienta contigo.

FIN

www.ingramcontent.com/pod-product-compliance
Lightning Source LLC
Chambersburg PA
CBHW021752150726
47989CB00004B/1629